GUÍA DE LECTURA

Escrita por Elena Pinaud
Traducida por Laura Bernal Martín

1Q84
(Libro 1)

de Haruki Murakami

Entiende fácilmente la literatura con

ResumenExpress.com

www.resumenexpress.com

HARUKI MURAKAMI

ESCRITOR JAPONÉS

- **Nacido en 1949 en Kioto (Japón)**
- **Algunas de sus obras:**
  - *El fin del mundo y un despiadado país de las maravillas* (1985), novela
  - *Underground* (1997-1998), compilación de testimonios
  - *Kafka en la orilla* (2002), novela

Haruki Murakami nace en 1949 en Kioto y crece en Kobe, en el seno de una familia en la que la literatura ostenta un lugar privilegiado. Estudia teatro y cine en la Universidad de Waseda de Tokio. Gestiona un bar de jazz durante varios años y, en 1979, publica su primera novela, *Escucha la canción del viento,* con la que logra su primera recompensa literaria, el premio Gunzo. El éxito vuelve a sonreírle con sus siguientes creaciones, y Murakami alterna la publicación de novelas y de relatos cortos.

El autor presenta personajes perdidos en la sociedad contemporánea, en busca de sentido en un universo particular que es al mismo tiempo realista y onírico. Algunas de sus obras han sido adaptadas al teatro o al cine, y ha sido nominado en varias ocasiones al Premio Nobel de Literatura.

1Q84: LIBRO 1 (ABRIL-JUNIO)

LA INTERPENETRACIÓN DE LOS MUNDOS

- **Género:** novela
- **Edición de referencia:** Murakami, Haruki. 2012. *1Q84. Libros 1 y 2*. Traducido por Gabriel Álvarez Martínez. Barcelona: Tusquets Editores
- **Primera edición:** 2009
- **Temáticas:** manipulación, universos paralelos, realismo, onirismo, derivas sectarias, amor, intertextualidad

1Q84 se publica en 2009 en japonés y está formada por tres tomos: *Abril-Junio*, *Julio-Septiembre* y *Octubre-Diciembre*. Hace referencia de forma explícita a la novela *1984* de George Orwell (escritor británico, 1903-1950), publicada en 1949. De hecho, la historia transcurre en 1984 en Japón, donde la letra «Q» y la cifra «9» se pronuncian de la misma manera. Al igual que su predecesor, Murakami presenta la transición del mundo real a otro que escapa a la comprensión de los personajes, y la manipulación, poniendo en evidencia a una sociedad descarrilada.

En el primer tomo, el autor alterna regularmente las aventuras de los dos protagonistas, Aomame y Tengo, cuyos destinos se unieron a través de un pacto secreto años antes. La obra es un verdadero superventas desde su salida y enseguida se traduce a varias decenas de lenguas.

RESUMEN

DOS DESTINOS QUE SE CRUZAN Y SE PIERDEN DE VISTA

Aomame y Tengo se conocieron en la escuela primaria: tienen unos diez años cuando la primera se atreve a darle la mano a Tengo para darle las gracias por haberla defendido ante algunos de sus compañeros, que se reían de ella por pertenecer a la secta de los Testigos, un grupo religioso que practica el proselitismo (intentan reclutar adeptos asiduamente). Los Testigos respetan los rituales (rezan con regularidad), llevan un modo de vida y un estilo de vestimenta ascético, rechazan las transfusiones sanguíneas y manipulan psicológicamente a sus hijos.

Al darle la mano, la niña quiere darle a entender que le quiere. Después, sus caminos se separan.

LAS PROFESIONES DE LOS PROTAGONISTAS

En 1984, Aomame es una joven de 29 años que da clases de autodefensa en un club en Tokio y también es, en secreto, asesina a sueldo. Es contratada por una anciana que ha creado una casa de acogida para mujeres víctimas de violencia doméstica: la función de Aomame es asesinar a sus violentos maridos clavándoles una aguja muy puntiaguda en la nuca. De esta forma, rinde justicia a estas mujeres, las venga y acorta los procesos de divorcio. Su primera víctima es el marido de su mejor amiga, Tamaki, que ha cometido suicidio.

Tengo tiene la misma edad que Aomame y es profesor de matemáticas en una academia. También escribe artículos para diversas revistas y tienta su suerte con regularidad —aunque sin éxito— en concursos de nuevos autores. Su editor, Komatsu, que aprecia su estilo, le confía la tarea de reescribir un texto titulado *La crisálida de aire*, redactado por una joven, Fukaeri, para inscribirse en ese concurso. El trabajo de Tengo sobre el manuscrito se mantiene en secreto y la joven gana el primer premio.

FUKAERI Y SUS MISTERIOS

Fukaeri, esta joven de 17 años cuyo verdadero nombre es Eriko Fukada, vive alojada con «el profesor», como ella lo llama, un académico de renombre y viejo amigo de sus padres. Nadie ha vuelto a tener noticias de estos últimos desde que Vanguardia, la asociación religiosa fundada por el padre de Fukaeri y de la que la joven salió a los 10 años, se convirtió en una secta.

Fukaeri habla poco, pero deja huella en todo el mundo debido a su singular comportamiento —es taciturna, lacónica y de una extravagante sencillez— y a su belleza. Conoce a Tengo y se entera de su trabajo de reescritura por Komatsu. Es disléxica y le confiesa a Tengo que le ha dictado su texto a la hija del profesor, Azami, que lo ha puesto por escrito, le ha buscado un título y se lo ha enviado al editor.

La crisálida de aire habla de una chica que vive en la montaña y cuya misión es vigilar a una cabra ciega. Cuando la cabra muere, la joven es encerrada como castigo con el animal muerto, que sirve de pasaje entre este mundo y el de la gente llamada Little People. Por la noche, estos últimos transitan por el cadáver de la cabra, a través del que penetran a nuestro mundo para después retornar al suyo; junto a la chica, fabrican una crisálida de aire.

Tras la publicación del texto, que se vende muy bien, Fukaeri desaparece. Seis semanas más tarde, da noticias a través de una cinta de casete que aparece en el buzón de Tengo. En la grabación dice que, al igual que los *guiliacos*, un pueblo que le fascina y que vive en la isla de Sajalín, al este de Siberia, quiere irse lejos de cualquier tierra conocida y que prefiere hablar más que escribir. También piensa que es posible que la Little People esté enfadada por el hecho de que se le haya dedicado una obra. Entonces, Tengo se pregunta si la chica de la historia no será la propia Fukaeri, y supone que ha descubierto el secreto de Vanguardia: saben quién es la Little People y lo que quiere. Para proteger este secreto se mantienen ocultos y cortan todo contacto con el exterior.

LA ESCAPATORIA: EL AMOR Y LA LITERATURA

Aunque vive innumerables aventuras de una noche, Aomame sigue queriendo a Tengo y espera que el destino los una. Tiene dudas sobre el mundo en el que vive, y su única certeza es que le quiere y que un día volverá a encontrarse con él.

Tengo, por su parte, ya no piensa en Aomame, pero se acuerda vagamente de ella cuando se topa en un tren con una chica cuya actitud y sobria vestimenta le recuerdan a las de su antigua camarada. Después, el que Fukaeri le dé las gracias por haberla dejado dormir en su casa (habían quedado en la ciudad con el profesor y no tenía ganas de volver a casa de este último, que vive en la montaña) le hace experimentar una especie de *déjà vu* impreciso. Sin embargo, a medida que se relaciona con la joven, Tengo se pregunta si no está enamorándose de ella.

Esto le preocupa porque, hasta ese momento, el amor no ha constituido una preocupación para él, que está muy interesado en dos formas diferentes de evadirse del mundo real: las matemáticas y la literatura. Además, desde que ha reescrito el texto de Fukaeri, Tengo siente que crece en su interior un deseo cada vez más ardiente de crear algo personal y grandioso.

LAS DISCREPANCIAS

Aunque todo parece desarrollarse en un universo espacio-temporal bien definido —Tokio en 1984—, Aomame comienza a plantearse la existencia de otro mundo. Cuando coge un taxi para acudir al hotel en el que debe matar a un hombre, teme llegar tarde por culpa de un atasco y el taxista le propone dejarla bajar por unas escaleras que dan a la estación, después de haberle advertido que solo existe una realidad y que no hay que fiarse de las apariencias. Cuando está bajando, Aomame siente que entra en otro universo: una vez abajo, se fija en que los uniformes y en las armas de los policías han cambiado, algo que desconocía a pesar de estar siempre informada; además, se entera de acontecimientos que habían escapado a su conocimiento, como los enfrentamientos de dos años atrás entre una secta y la policía. Por su parte, Tengo, a pesar de tener la cabeza despejada, duda cada vez más del mundo al que pertenece.

Aomame también observa que hay dos lunas, lo que le hace pensar que se encuentra en un mundo paralelo porque Fukaeri había mencionado en su libro que su heroína veía dos lunas —aunque el resto de la gente parece no haberse percatado. Cuando Tengo le habla de las dos lunas del texto que le gustaría escribir (bajo la influencia de los dos astros del texto de Fukaeri) a su novia, esta evoca el término inglés «*lunatic*» (lunático), comentando que dos lunas volverían a los hombres el doble de locos y que, por tanto, debería tener cuidado con esas dos lunas que tanto le preocupan.

Cuando Tsubasa (joven de la que abusa el líder de Vanguardia y que se refugia en casa de la anciana que ha fundado la casa de acogida) evoca a la Little People, estos salen de su boca cuando duerme, a la luz de dos lunas que nadie ve en el refugio.

La comunidad agrícola creada por el padre de Fukaeri en los años setenta se ha convertido en una secta protegida por el estatus de asociación religiosa. A su vez, esta se ha separado de algunos de sus miembros más radicales, que han formado un grupo armado que ha desafiado a la policía y que ha sido disuelto. Finalmente, la autoría de *La crisálida de aire* se divide entre Fukaeri, que lo ha narrado, Azami, que lo ha escrito y le ha puesto un título, y Tengo, que le ha dado forma.

El primer tomo se cierra con esta interrogación sobre el

universo, que deja en el aire un gran número de preguntas.

ESTUDIO DE LOS PERSONAJES

AOMAME

Aomame nace en 1954 en una familia perteneciente a la secta de los Testigos. Su nombre puede designar una variedad de soja o puede significar «guisante», y provoca que se burlen de ella tanto en la escuela como en la vida en sociedad. Sus padres la alejaron de sus abuelos, tanto a ella como a su hermano mayor, y les inculcaron la ascesis y la templanza. De adulta, Aomame se siente culpable cuando realiza compras, ya que estas van en contra de la noción de privación que implica ese modo de vida.

Aomame abandona su familia a los 10 años, rechazada por sus padres tras renegar de su fe. Estudia Ciencias del Deporte en la universidad, y trabaja en un primer momento para una compañía de productos dietéticos. A continuación, da clases de autodefensa para mujeres en un club deportivo. Es aquí donde la anciana la recluta como asesina a sueldo. Pero, antes de que le hicieran esta proposición, Aomame ya había tomado la decisión de castigar a los hombres que abusaran de sus mujeres. Lo hace tras el suicidio de su amiga Tamaki, convirtiendo al marido de esta en su primera víctima.

Vive sola y está eternamente enamorada de su antiguo compañero, Tengo. Llena este vacío con un apetito sexual voraz y encuentra a hombres que la acompañen en sus aventuras de una noche en bares, donde va junto a su amiga Ayumi. Sigue unos criterios concretos: tienen que tener la calvicie de Sean Connery (actor británico nacido en 1930), estar en la cuarentena y gozar de un buen nivel intelectual y social.

Aunque es guapa, su rostro es inexpresivo y su boca sugiere «un carácter arisco en toda circunstancia» (Murakami 2012, 17). Cuando se enfada, su rostro se crispa hasta culminar una «aberrante metamorfosis» (Murakami 2012, 18).

Suele estar bien informada de la actualidad, pero «[e]n su interior emp[ieza] a sentir una especie de confusión» (Murakami 2012, 122) cuando no logra acordarse de los enfrentamientos ocurridos dos años atrás entre la policía y una secta en el lago Motosu.

Detesta el estreñimiento, los hombres que golpean a las mujeres —especialmente después del suicidio de Tamaki— y los fundamentalistas religiosos.

TENGO

Tengo es escritor y profesor de matemáticas en una academia. Su padre fue uno de los muchos campesinos pobres que acudieron a Manchuria (vasto territorio que se extiende a lo largo del noreste de China y del este de Rusia y que estuvo bajo dominación japonesa entre 1931 y 1945) para trabajar en el campo y poder sobrevivir. Cuando los rusos liberaron el territorio al final de la Segunda Guerra Mundial, volvió a marcharse. A continuación, trabajó para una empresa como cobrador puerta a puerta de las cuotas de recepción de la emisora de televisión NHK. Tengo tenía la obligación de acompañarlo mientras sus compañeros se divertían.

Al igual que Aomame, vive una infancia solitaria debido a su padre, al que abandona a los 10 años. Ya de adulto, Tengo vive solo mientras que su padre, que padece alzhéimer, es internado en una institución especializada. La madre de Tengo desaparece tras su nacimiento y no tiene ninguna foto de ella. Sin embargo, Tengo conserva un inquietante recuerdo: cuando aún no había cumplido los dos años, la vio con un hombre que no era su padre. Este recuerdo le atormenta constantemente y le vuelve loco, porque cree que ese hombre podría ser su verdadero padre.

Lleva una vida cómoda: gana algo de dinero con sus artículos para diversas revistas de su editor Komatsu, sus estudiantes están motivados, lo que le aporta una cierta satisfacción, y su novia, mayor que él y con más experiencia, controla todo y le evita cargar con la responsabilidad de una relación con una chica más joven, que le haría sufrir.

Aunque algunas cosas le hacen acordarse vagamente de Aomame, parece haberse olvidado de ella —al contrario que la joven—. En cambio, la belleza y la extravagante actitud de Fukaeri parecen atraerle, e incluso se llega a preguntar si no se estará enamorando de ella y teme que su novia se entere.

El relato de Fukaeri, *La crisálida del aire*, está dotado de un poder imaginativo e insólito que lleva a que Tengo desee escribir un texto de la misma intensidad. Aunque sabe que tiene un don para darle forma a un relato, para conseguir que tenga una buena expresión, aún no ha encontrado un contenido que llegue realmente al lector. Por ello trabaja en un escrito personal sobre un mundo irreal alumbrado por dos lunas, como las que aparecen en el texto de Fukaeri.

FUKAERI

Fukaeri, cuyo verdadero nombre es Eriko Fukada, es una hermosa joven de 17 años. En el año 1977 escapa de la sociedad utópica fundada en los años setenta por su padre, que se ha transformado en una secta cerrada, y desde entonces vive en casa del profesor, un viejo amigo de sus padres.

Fukaeri es disléxica, pero los profesores de la escuela del pueblo de montaña en el que vive no están al corriente, ya que no suele frecuentar los pupitres y pasa por una chica retrasada. Sin embargo, es muy inteligente y se sabe de memoria uno de los clásicos de la literatura japonesa medieval, el *Heike monogatari* (epopeya del siglo XIV). Tiene una «imaginación única» (Murakami 2012, 64) que empuja a Tengo a retocar la forma de su texto, que tiene que tener un «objetivo especial» (Murakami 2012, 85).

Es la primera en hablar sobre la Little People, y Tengo supone que la ha conocido durante su estancia con Vanguardia, la secta fundada por su padre. Afirma que estos seres existen de verdad y que Tengo puede verlos si así lo desea, pero no explica lo que esto significa. Prefiere hablar en voz baja, ya que podrían escucharlos.

Aunque el profesor acude a la policía para denunciar la desaparición de Fukaeri, Tengo, guiándose por la grabación que le ha enviado, se da cuenta de que no la han secuestrado, sino que se esconde en algún lugar y que no tiene la intención de escribir otro libro.

EL PROFESOR

El profesor Ebisuno ronda los 65 años. Antiguo antropólogo de renombre en los años sesenta, se ha convertido en un corredor de bolsa y asesor financiero muy rico, que dirige sus asuntos desde la montaña en la que vive.

Es astuto y, sin ser el tutor legal de Fukaeri, acepta la reescritura del texto de esta última y su publicación, lo que hace que la exposición mediática de la joven sea un cebo para Vanguardia, puesto que el objetivo es descubrir qué le ha ocurrido a los Fukada, los padres de Fukaeri.

Acude de inmediato a la policía para denunciar la desaparición de Fukaeri con la esperanza de que el cuerpo de seguridad se vea en la obligación de investigar a Vanguardia y destape sus secretos.

KOMATSU

Komatsu tiene 45 años y es el editor de Tengo. Calculador, escribe crónicas violentas y la idea de reescribir *La crisálida de aire* proviene de él. Como editor, conoce los engranajes de su profesión y los gustos de los lectores, y es consciente del potencial que puede tener un texto que combine la historia de Fukaeri y el estilo de Tengo.

LA ANCIANA

La anciana tiene unos 75 años y es la mecenas de Aomame. Es una rica y hábil heredera de una familia de industriales. Cuando su hija única se suicida por culpa de un marido que escapa de la justicia, decide encargarse ella misma de su castigo y hace que baje de rango social.

También crea un lugar en el que las mujeres atacadas por sus maridos pueden refugiarse hasta que Aomame o Tamaru, el guardaespaldas de la anciana, hayan acabado con ellos. Afirma que sus actos son justos.

Siente pasión por las mariposas y cría en su invernadero miles de ellas, entre las que se encuentran especies poco comunes.

TAMARU

Tamaru es el leal guardaespaldas y chófer de la anciana. Tiene unos 40 años y es especialista en kárate, además de saber manejar bien las armas. Es «pacífico, sereno e incluso intelectual» (Murakami 2012, 95).

Tiene una perra que vigila con atención la casa de acogida, pero la encuentra sin vida, con las entrañas hacia fuera, la mañana después de que la Little People saliera de la boca de Tsubasa. Nadie en la casa de acogida había escuchado nada.

AYUMI

Ayumi es una amiga de Aomame a la que conoció en un bar. Es una joven policía muy competente, pero descontenta con las tareas ingratas que se le confían a las mujeres en su profesión.

Durante su infancia, su hermano y su tío, también policías,

abusaron de ella, pero nunca ha hablado sobre ello. Cuando Aomame le habla del sufrimiento de Tsubasa, que también ha sufrido una violación, Ayumi se informa sobre el comportamiento de Vanguardia. Gracias a la policía local, se entera de que tienen negocios en el sector inmobiliario, que son poderosos y que actúan en secreto, además de que sus hijos sufren problemas psicológicos y abandonan la escuela a una edad bastante temprana.

LA NOVIA DE TENGO

La novia de Tengo es mayor que él y madre de dos niñas. Visita a Tengo una vez por semana. Piensa que se vive con más tranquilidad cuando se está en el lado de la mayoría. Evoca la novela *Martin Chuzzlewit* (1844) de Charles Dickens (novelista británico, 1812-1870) para ilustrar la diferencia que existe entre los términos ingleses *insane* y *lunatic*.

Así, después de escuchar hablar a Tengo de una historia que le gustaría escribir, inspirada en el texto de Fukaeri y evocando «un mundo que no es éste» (Murakami 2012, 360) y en el que hay dos lunas, le dice que en la Inglaterra del siglo XIX «se recogía en la ley» (Murakami 2012, 361) que la luna podía provocar que la gente perdiera la razón, y que si alguien cometía un crimen bajo su influjo «se le rebajaba la pena un grado, con el atenuante de que no había sido responsabilidad suya» (íbid).

LAS VÍCTIMAS DE NACIMIENTO

Aomame utiliza esta expresión para referirse a su amiga

Tamaki, pero podría emplearse también para hablar de las mujeres que se refugian en la casa de acogida y a las que Aomame y la anciana defienden. Tamaki, la vieja amiga de Aomame, forma parte de ellas. Aunque proviene de una familia rica y culta y se le prometía un brillante futuro, deja sus estudios para casarse con un hombre que la golpea y que la lleva al suicidio.

La hija de la anciana conoce su misma suerte, al igual que muchas otras mujeres, víctimas de hombres que todo el mundo aprecia y considera un ejemplo a seguir.

Las hijas de los miembros de Vanguardia también son las presas de su líder, que las esteriliza y las viola para «concederle[s] un despertar espiritual» (Murakami 2012, 289). La anciana parece pensar que se trata de un simple pretexto para mantener relaciones sexuales con estas chicas. Se muestra estupefacta ante la credulidad de los padres y afirma: «El fundador es un degenerado con unos gustos sexuales retorcidos. No hay lugar a duda» (Murakami 2012, 289).

LA LITTLE PEOPLE

La Little People son los personajes clave en el texto de Fukaeri: parece venir de otro universo y pasar de un lado a otro a través del cadáver de la cabra. Deben de ser pequeños, ya que también salen de la boca de Tsubasa, pero después crecen.

El profesor sospecha que son los responsables de la transformación de la comunidad agrícola de Fukada, pero lo hace sin llegar a comprender su interés, sin saber si son buenos o malos. Solo Fukaeri parece conocerlos, pero no desvela nada más allá de que están al corriente de sus devenires literarios y de los de Tengo y que estos no les hacen demasiada gracia.

CLAVES DE LECTURA

DE *1984* A *1Q84*

Ya en el título, la referencia a *1984* de George Orwell es evidente: *1Q84* es un palimpsesto de este (manuscrito cuyo primer borrador da lugar a un nuevo texto), una reescritura.

La historia transcurre en 1984, y Aomame es la primera que hace referencia a ello cuando se siente confusa («Un mundo paralelo», «[e]sto se está convirtiendo en ciencia ficción», Murakami 2012, 129) en lo que se refiere a su percepción del mundo:

> «Para ello debería llamar de forma adecuada a este nuevo estado en el que me encuentro. Requiere un apelativo singular para diferenciarlo del mundo de antaño, en el que los policías andaban con revólveres de los viejos. [...] 1Q84: así voy a denominar este nuevo mundo [...]. Q de *question mark*. Algo que carga con una interrogación a sus espaldas» (Murakami 2012, 134).

Además, en una nota del traductor se precisa que el número 9 y la letra «q» se pronuncian de la misma forma en japonés.

En un mundo cuyos planos son dudosos y se confunden, una letra puede reemplazar a una cifra. Aomame duda sobre la realidad en abril; durante ese mismo mes, Winston Smith, el protagonista de Orwell, comienza a escribir un diario en el que denuncia los abusos del líder, el Gran Hermano.

La novela de Orwell, publicada en 1949 —año en el que

nace Murakami— es una distopía (o antiutopía), es decir, transcurre en una sociedad imaginaria regida por un poder totalitario o con una ideología indeseable. La referencia a la novela de Orwell es explícita en los personajes de *1Q84*: «Por aquel entonces [en 1949], 1984 era un futuro lejano. [Pero] un día el futuro también se hace presente. Y pronto será pasado» (Murakami 2012, 303), le explica Tengo a Fukaeri. La prueba está en que Murakami escribe en 2009 un libro cuya acción transcurre en 1984 y que hace referencia a una novela cuya trama se inscribe en el mismo año, pero que en realidad fue escrita mucho antes de esa fecha, mezclando así las referencias temporales.

A continuación, Tengo le explica a Fukaeri que la sociedad totalitaria imaginada por Orwell está controlada por «un dictador llamado *Big Brother*, el Gran Hermano» (Murakami 2012, 279) y que el protagonista trabaja para un ministerio que se encarga de reescribir la historia para adaptarla a la visión del dictador. Para Tengo, esto representa un crimen: «Arrebatar la Historia legítima es igual que arrebatar una parte de una personalidad» (Murakami 2012, 303).

Sin embargo, como constata el profesor, el Gran Hermano ya no tiene sentido porque «se ha convertido en algo muy visto» (Murakami 2012, 279), y la Little People lo ha reemplazado. A pesar de que su existencia sigue sumida en el misterio, parece que esta contacta con el mundo real a través de los miembros de Vanguardia. La presencia de estos últimos también recuerda a *1984*. Además, el profesor los compara con el mundo totalitario de Orwell, ya que funcionan como en la sociedad descrita por el escritor inglés: la comunidad utópica creada por Tamotsu Fukada, el padre de Fukaeri, se ha ido a la deriva y el nuevo líder, omnipotente, prohíbe la iniciativa personal y selecciona rigurosamente a los miembros, que sufren un lavado de cerebro. Todo esto se esconde bajo una tapadera: una comunidad agrícola que practica el budismo.

Al profesor le sorprende el cariz que ha tomado la comunidad creada por su amigo Fukada, un hombre razonable refractario a las ideas religiosas. En 1976, Vanguardia se alejó de sus miembros más radicales, que formaron una secta armada: Amanecer. Seleccionan especialistas con fuerza mental, realizan prácticas religiosas ascéticas, cuentan con una organización ecléctica y promueven el trabajo, el ejercicio y el entrenamiento. Pero Ayumi, que acumula datos junto a otros policías, se entera de que Vanguardia realiza transacciones de terrenos y viviendas de carácter sospechoso, con la tapadera de la venta de productos biológicos. Los hijos de sus miembros dejan de acudir a la escuela a partir de una determinada edad y sufren problemas psicológicos. Ayumi cree que los que se unen a ellos desean hacer todo lo que no han podido realizar en la vida real.

Existe una interpenetración oculta entre dos mundos (el real y el de la Little People) de la que nadie es consciente, aunque el subtítulo de la última parte, dedicada a Tengo, deja entrever algunas sospechas: «¿Qué sentido tiene que exista otro mundo?» (Murakami 2012, 350).

Al mismo tiempo, Aomame se pregunta sobre la existencia de otro mundo: le cuenta a Ayumi las inquietudes que siente en relación a nuestras elecciones. Puede que otra persona haya decidido por nosotros y «sólo aparentemos estar eligiendo» (Murakami 2012, 228). Puede que el Gran Hermano de Orwell observe todos nuestros gestos a través de cámaras. Tengo y el profesor hablan explícitamente de la novela del escritor inglés y se muestran preocupados por el espíritu visionario del autor. Lo ven como algo más que una obra de ficción: ven reflejada en ella la señal de un disfuncionamiento en su propia sociedad.

REFERENCIAS CULTURALES

En su novela, Haruki Murakami hace numerosas referencias a la literatura y a la música. Entre las referencias literarias encontramos:

* El *Heike monogatari*, el libro preferido de Fukaeri, capaz de recitarlo con una «voz [...] sorprendentemente enérgica y llena de color» (Murakami 2012, 302) a pesar de ser disléxica y no hablar nunca usando frases largas. Se trata de un poema épico creado a partir del siglo XIV y transmitido de forma oral. Narra los combates entre los clanes guerreros de los Genji (o Minamoto) y los Heike (o Taira) para hacerse con el control del poder imperial en el siglo XII. Fukaeri recita el pasaje en el que las damas de la Corte del príncipe heredero de los Heike saltan por la borda para no caer en manos de los enemigos.
* *La isla de Sajalín* (1895), de Antón Chéjov (1860-1904): Tengo piensa en los motivos que llevan a este escritor ruso a recorrer 12 000 kilómetros a los 30 años para descubrir esta isla penitenciaria. Dice que es un peregrinaje para purificarse de la literatura, y que por ese

motivo escribe «un texto práctico que sólo habla de hechos reales» (Murakami 2012, 305) y no una novela. A Fukaeri le impresiona la descripción de los guiliakos, los indígenas de la isla, puesto que se ve reflejada en su vida errática, llena de largas caminatas fuera de los caminos transitados.

- *Martin Chuzzlewit*, de Charles Dickens: la novia de Tengo evoca esta obra al final de la novela, cuando Tengo le habla del libro que quiere escribir, que transcurriría en un mundo paralelo con dos lunas. Esto le recuerda los personajes lunáticos mencionados en el Londres del siglo XIX de Dickens.
- La célebre frase «El medio es el mensaje», del sociólogo canadiense Marshall McLuhan (1911-1980): según esta filosofía, el medio de comunicación es más importante que el contenido del mensaje. Ayumi cita este aforismo para ilustrar el funcionamiento de la secta: «Utilizando las palabras de McLuhan, el medio es el mensaje. En ese sentido, podría decirse que es bastante guay» Murakami 2012, 340).

La literatura ocupa un lugar importante, tal y como Tengo afirma: «—Cuando escribo sustituyo mediante las palabras la realidad que me rodea por algo que encuentro más natural. Es decir, reconstruyo. De ese modo confirmo que existo, sin duda, en este mundo» (Murakami 2012, 59). El lector escucha entonces la voz de fondo de Murakami. A Tengo también le atrae la literatura porque le permite evadirse y volver de esta a la realidad le resulta menos frustrante que hacerlo desde las matemáticas, su otra ocupación.

También abundan las referencias musicales. En particular, hace alusión a:

* la *Sinfonietta* de Leos Janáček (compositor checo, 1854-1928), una canción orquestal creada en 1926. Aomame se entera de que el compositor nació por segunda vez a los 63 años, tras enamorarse de una mujer cuando ambos estaban casados. Este amor, que llega tras varios años de depresión, le proporciona un espectacular impulso creativo; son puertas que se abren a otro mundo. Aomame escucha la melodía en el taxi, al principio del relato, y ve en ella la señal que le avisa de que se precipita a una vorágine. Es el anuncio de un cambio;
* *El clave bien temperado* de Johann Sebastian Bach (compositor alemán, 1685-1750), al que aprecian tanto Tengo como Fukaeri y el profesor. Se trata de una obra que asocia el preludio y la fuga, interpretados por un instrumento con teclado (clavecín, clavicordio u órgano). Tengo explica que le gusta esta obra de Bach porque le recuerda a las series matemáticas (la noción de serie permite generalizar el concepto de suma finita) y porque cada vez que se escucha se descubren nuevas sorpresas.

LA METÁFORA DE LA CRISÁLIDA

La crisálida, fabricada por la joven de la montaña y la Little People, es el nombre que se le da a la ninfa de los lepidóteros, la etapa intermedia entre la larva y la mariposa. La crisálida dormita inmóvil y protegida por un capullo. Simboliza la metamorfosis, la promesa de un ser, la mariposa, que también representa la pasión de la anciana. La crisálida encierra el poder de un ser y el de la resurrección.

El hecho de que haya sido creada por la Little People y de que sea el título de la obra de Fukaeri la convierte en el núcleo de la historia. Sin embargo, en este tomo el lector aún no sabe para qué sirve dicha crisálida, y tampoco cómo se ha creado exactamente. Se mantiene íntimamente ligada a la Little People y parece ser uno de sus secretos, una de sus huellas concretas en este mundo. Representa el propósito de estos pequeños seres, que manipulan a la gente y arrastraron a Fukaeri a su creación.

Esto le confiere a la novela un toque fantástico. De hecho, Tengo piensa que la historia que cuenta Fukaeri en su libro sobre la joven y la cabra es en realidad su propia historia; esto implica la irrupción de seres sobrenaturales, la Little People, en el mundo real.

Fukaeri deja caer algunas pistas en el mensaje que le envía a Tengo, pero no aclara la cuestión. Solo pone al joven —y, al mismo tiempo, al lector— sobre una pista sobrenatural y fantástica que tendrá que aclararse en los dos siguientes tomos:

> «El profesor posee una gran fuerza y una gran sabiduría. Pero la *lítel pípol* no es menos. Ten cuidado dentro del bosque. En el bosque hay algo valioso y la *lítel pípol* se encuentra en el bosque. Tenemos que encontrar lo que la *lítel pípol* no tiene para que no nos haga daño. De ese modo podremos atravesar el bosque sanos y salvos. [...] Como escribiste sobre ella, la *lítel pípol* debe de estar enfadada. Pero no te preocupes. Yo estoy acostumbrada al bosque. Adiós» (Murakami 2012,

352-353).

¿SABÍA QUE...?

El género fantástico es un género literario, artístico y cinematográfico que transcurre en un mundo real en el que intervienen personajes o se dan situaciones sobrenaturales.

PISTAS PARA LA REFLEXIÓN

ALGUNAS PREGUNTAS PARA PROFUNDIZAR EN SU REFLEXIÓN...

- ¿Cómo interpreta usted el título de esta novela?
- ¿Qué vínculos establece entre *1984* de George Orwell y *1Q84* de Haruki Murakami?
- Imagine la continuación de las aventuras de Aomame y Tengo y compare su versión con la de Murakami tras leer los otros dos tomos de la trilogía.
- Si tenemos en cuenta que el autor adora la literatura y la música y que ha investigado y escrito sobre la secta Aum Shinrikyo, responsable del atentado con gas sarín en el metro de Tokio en 1995, comente en qué medida podemos identificarlo en el texto.
- ¿Por qué Aomame tiene la sensación de encontrarse en un mundo paralelo?
- ¿Es la literatura un buen medio de evasión para Tengo? Argumente su respuesta.
- ¿Habría en esta novela acontecimientos que le recuerden a incidentes de los que haya oído hablar en los medios de comunicación? Si su respuesta es afirmativa, explique cuáles.
- Explique la importancia de la historia que cuenta Fukaeri en su libro.
- Comente las observaciones del taxista: «[...] no se deje engañar por las apariencias. Realidad no hay más que una» (Murakami 2012, 16).
- Elija y comente un capítulo del libro, poniendo de relieve la posición que ocupa en el libro y todos los elementos

del texto que sirven de ejemplo.

¡Su opinión nos interesa!
¡Deje un comentario en la página web de su librería en línea,
y comparta sus favoritos en las redes sociales!

PARA IR MÁS ALLÁ

EDICIÓN DE REFERENCIA

- Murakami, Haruki. 2012. *1Q84. Libros 1 y 2*. Traducido por Gabriel Álvarez Martínez. Barcelona: Tusquets Editores.

ESTUDIOS DE REFERENCIA

- Chéjov, Antón. 2005. *La isla de Sajalín*. Barcelona: Alba Editorial.
- Orwell, George. 2006. *1984*. Barcelona: Destino.

ResumenExpress.com

GUÍA DE LECTURA

Muchas más guías
para descubrir tu pasión
por la literatura

www.resumenexpress.com

© **ResumenExpress.com, 2016. Todos los derechos reservados**.

www.resumenexpress.com

ISBN ebook: 9782806281852

ISBN papel: 9782806284556

Depósito legal: D/2016/12603/393

Cubierta: © Primento

Libro realizado por Primento*, el socio digital de los editores*